Caminando bajo la nieve

por Margaret K. y Charles M. Wetterer
ilustraciones de Mary O'Keefe Young

ediciones Lerner/Minneapolis

Para Kate y Anna Wetterer, y sus padres
—C.M.W. y M.K.W.

Para mi padre e historiador preferido, Richard O'Keefe
—M. O'K. Y.

Los autores desean agradecer al personal de la Biblioteca Pública de Huntington (Nueva York) y de la Biblioteca Pública de Center Moriches (Nueva York); a la Sociedad Histórica de Nueva York; y al Sr. B. Gene Badlato, antiguo inspector en jefe de edificios de la Ciudad de Nueva York, quien nos ayudó a reconstruir la ruta de Milton. Un agradecimiento especial a la Sra. Hazel Daub Saville, la hija de Milton, que nos dio muchos detalles caseros de la familia de su padre.

La edición en español fue realizada por un equipo de traductores hablantes nativos del español de translations.com, empresa mundial dedicada a la traducción.

ediciones Lerner
Una división de Lerner Publishing Group, Inc.
241 First Avenue North
Minneapolis, MN 55401 EUA

Dirección de Internet: www.lernerbooks.com

Library of Congress Cataloging-in-Publication Data

Wetterer, Margaret K.
[Snow walker. Spanish]
Caminando bajo la nieve / por Margaret K. Wetterer y Charles M. Wetterer; ilustraciones de Mary O'Keefe Young.
p. cm.   — (Yo solo historia)
"Título original: The snow walker"—T.p. verso.
ISBN 978–0–8225–7786–7 (lib. bdg. : alk. paper)
1. Blizzards—New York (State)—New York—History—19th century—Juvenile literature. 2. New York (N.Y.)—History—1865–1898—Juvenile literature. 3. Daub, Milton—Juvenile literature. 4. Bronx (New York, N.Y.)—History—Juvenile literature. I. Wetterer, Charles M. II. Young, Mary O'Keefe. III. Title.
F128.47.W49118 2008
974.7'04—dc22   2007006313

Fabricado en los Estados Unidos de América
1 2 3 4 5 6 – DP – 13 12 11 10 09 08

Nota de los autores

En marzo de 1888, una tormenta de nieve azotó durante tres días la región noreste de los Estados Unidos. La nieve y el hielo cubrieron el territorio entre Maine y Maryland. Se bloquearon las carreteras y cientos de trenes de pasajeros se quedaron atascados durante días tras de grandes cantidades de nieve acumulada. Los vientos, algunos de más de 80 millas (130 kilómetros) por hora, rompieron ventanas, y arrancaron cercas, techos y letreros; derribaron árboles y postes de servicios públicos. Miles de aves cayeron congeladas desde los arbustos y edificios donde se habían apiñado buscando refugio. Millas de cables telefónicos y telegráficos se cortaron por la presión del viento, el hielo y la nieve. Ciudades y pueblos, granjas y familias quedaron aisladas. Durante un tiempo, el gobierno de Washington D.C., perdió todo contacto con el resto del país. En el mar, olas violentas y fuertes vientos dañaron innumerables embarcaciones y hundieron más de doscientas.

Milton Daub tenía 12 años cuando se desató la tormenta. Él y su familia vivían en el Bronx, un pueblo que había pasado a formar parte de la ciudad de Nueva York hacía unos años. En esa época, el Bronx tenía un pequeño centro comercial y residencial, y millas de campos y granjas al norte. La casa de madera de dos pisos de los Daub estaba en la calle 145, que era ancha y sin pavimentar. Milton era el mayor de cinco hijos. Tenía dos hermanas, Ella y Hannah, y dos hermanitos, Maurice y Jerome.

Ésta es la historia de la aventura que vivió Milton Daub en esa terrible tormenta de nieve, desde entonces conocida como la tormenta del 88.

Lunes 12 de marzo de 1888

¡Crac!

El ruido sobresaltó y despertó a Milton.

Un viento huracanado

hizo vibrar la ventana.

Milton saltó de la cama

y abrió las cortinas.

Una sonrisa le iluminó el rostro. ¡Nieve!

La nieve lo cubría todo.

Vio que una rama gigante del arce

se había quebrado

y el viento la empujaba con furia

de un lado a otro del patio.

Enseguida Milton se vistió para ir

a la escuela y bajó las escaleras corriendo.

La nieve cubría todas las ventanas.

El corredor y la sala estaban a oscuras.

Más allá, en la cocina,

su madre había encendido una

lámpara de queroseno.

Todos estaban tomando el desayuno,

incluso el bebé, Jerome, en su silla alta.

—¡Mamá! ¿Por qué no me llamaste?

—preguntó Milton—.

Son más de las 7:30. Voy tarde a la escuela.

—Hoy no irás a la escuela —explicó su madre—.

Una pared de nieve bloqueó

la puerta de entrada.

—Todos nos quedaremos en casa

—agregó su padre—.

Es peligroso salir con esta tormenta.

—Tenemos suficiente comida
—confirmó la madre,
luego de inspeccionarla heladera—.
Pero ojalá tuviéramos más leche.
—Yo voy a comprar —se ofreció Milton.
—¡No seas tonto, Milton!
—exclamó su padre—.
La nieve acumulada ya está llegando al
segundo piso. La nieve te sepultaría.
—Puedo usar raquetas para caminar
sobre la nieve —insistió Milton.

—¿Y dónde las conseguirás?

—preguntó su padre.

—Podríamos hacerlas —respondió Milton—.
En la escuela, hemos estado estudiando
el territorio de Alaska.

En el libro de geografía vi fotografías
de raquetas para caminar sobre la nieve.

Seguramente podemos hacer un par.

¿Podríamos intentarlo, papá? ¿Por favor?

Su padre se rió. —Está bien, hijo.

Ahora come tu avena —dijo—.

Después intentaremos hacer las raquetas.

Después de desayunar,

Milton y su padre comenzaron a trabajar.

Usaron arcos de madera de un barril,

tablas delgadas, alambre, cordones gruesos

y la parte inferior de un viejo

par de patines, sin las ruedas.

Finalmente, después de casi dos horas,

las raquetas para caminar sobre la nieve

estuvieron listas para una prueba.

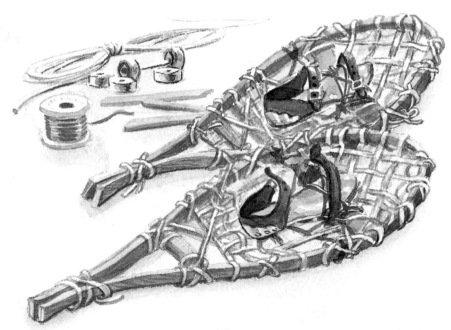

Toda la familia se reunió
en la pequeña habitación del segundo piso.
Milton se abrigó con varios suéteres,
un abrigo, un sombrero de lana,
una bufanda y guantes.
Su padre lo ayudó a atarse las raquetas.
Luego enlazó una cuerda
alrededor de la cintura de su hijo.
—Muy bien, Milton. Te sostendré de la
cuerda hasta estar seguro
de que las raquetas funcionan —explicó—.
Si comienzas a hundirte,
jalaré de la cuerda para subirte.
Abrió la ventana y un viento helado
entró en la habitación,
arrastrando nieve hacia adentro.
Las niñas gritaron con sus vocecitas agudas.
La mamá cubrió a Jerome con su chal.

Milton se protegió las orejas con el sombrero,

y la boca con la bufanda.

Lamentó no tener un abrigo con capucha

como los que se usan en Alaska.

Dio un paso, luego otro y otro.

Debía mantener los pies separados.

Si no, no podía caminar

porque con un pie pisaba al otro.

Milton subió y bajó por la nieve acumulada

hasta la ventana varias veces.

Finalmente, su padre asintió con la cabeza.

Las raquetas funcionaban.

Milton desató la cuerda.

Su padre le dio un trineo

con una caja de madera clavada en él.

—Busca puntos de referencia

para no perderte —le aconsejó el padre.

—Por favor, ten cuidado —gritó su madre.

Milton se inclinó para poder hacer
frente al cortante viento.

Cruzó el patio delantero
y la cerca del jardín.

En algunos sitios,
el viento había limpiado el camino
y sólo había dejado una base de hielo.

En otros, Milton tuvo que trepar
por la nieve acumulada.

Algunas acumulaciones eran duras
como icebergs.

Otras cedían bajo sus pies.

A veces, las ráfagas de viento
levantaban la nieve y la hacían danzar
en el aire.

Cuando eso ocurría, Milton no podía ver nada,
salvo los remolinos blancos que lo envolvían.
Apenas podía reconocer las casas del camino.
Todo se veía muy diferente con tanta nieve
y tantos carámbanos que colgaban
de todas partes.

Milton llegó donde sabía que debía estar
la tienda de comestibles de Mike Ash.
Al principio, no podía encontrarla.
El letrero se había volado
y la nieve cubría la puerta y la ventana.
Luego trepó por la nieve acumulada
y golpeó la ventana del departamento
que la familia Ash ocupaba sobre la tienda.
Se sostuvo del borde de la ventana
para que el viento no se lo llevara.
El señor Ash entreabrió la ventana.
—¡Milton! ¿Qué haces en medio de la tormenta?
—le preguntó, alzando la voz para hacerse
escuchar sobre el aullido del viento.

—¿Cómo llegaste hasta aquí?

—preguntó su hijo Mickey, con curiosidad.

—Mi madre necesita leche, señor Ash

—vociferó Milton con una sonrisa—.

¿Te gustan mis raquetas, Mickey?

—Hoy no entregaron leche fresca, Milton

—contestó el señor Ash—.

Pero puedo venderte leche condensada.

Milton le dio cincuenta centavos.

El señor Ash bajó a la tienda.

Regresó con cinco latas de leche.

Mickey se asomó por la ventana

para ver mejor las raquetas de Milton.

El señor Ash lo hizo entrar enseguida

y cerró la ventana.

Milton ajustó la bufanda para

cubrirse la cara y partió de regreso.

—¿Me vendes una de esas latas de leche,

muchacho?

—le gritó una vecina que miraba desde

la ventana de un segundo piso.

Milton accedió.

Le pidió diez centavos,

pero la mujer insistió en darle veinticinco.

Luego, otro vecino lo llamó.

Y luego, otro.

Pronto, Milton había vendido todas las latas.

Regresó a la tienda del señor Ash

y le compró más leche condensada.

Pero, nuevamente,

desde casi todas las casas que pasaba,

alguien le pedía leche.

Mientras arrastraba el trineo otra vez
hacia la tienda del señor Ash,
Milton recordó los trineos de Alaska
tirados por perros.
Y pensó que tal vez él y su padre
podrían hacer uno.

Cuando regresó a la tienda,
le alcanzó para comprar
un cajón completo de leche
con el dinero que la gente
le había dado de más.
Vendió ese cajón, y luego otro,
a los vecinos.
Ya la mitad de los niños del barrio
habían visto y admirado sus raquetas.

Milton sonrió al pensar
en la sorpresa que se llevarían
si lo vieran en un trineo tirado por perros.
Imaginó todos los perros del barrio
tirando de su trineo en la tormenta
y el resto del mundo cubierto por la nieve.

En ese momento, se escuchó
el silbato de la fábrica
que anunciaba el mediodía.
Milton se sorprendió
porque no se había dado cuenta
de que había estado afuera
durante casi dos horas.
De inmediato, se dirigió a su casa.
Tenía nieve adherida a la ropa
por todos lados,
como si fuera pelusa.
Los ojos y la nariz estaban enrojecidos
y le ardían por la nieve.
También le dolían los dedos de los pies
por el frío.
Pero Milton quería gritar de alegría
mientras avanzaba con las raquetas
y arrastraba el trineo.

Cuando llegó a su casa,

su padre lo ayudó a entrar

por la ventana del dormitorio.

—¿Por qué te demoraste tanto? —le preguntó.

—Estábamos muy preocupados

—exclamó la madre.

—Perdóname, mamá. Estuve repartiendo

leche entre los vecinos —explicó Milton.

Y de sus bolsillos sacó monedas y billetes.

—¡Milton! ¿A cuánto la cobraste?

—gritó su madre.

—A diez centavos —respondió—.

Pero todos me daban más.

Después de almorzar,

Milton rogó que lo dejaran salir otra vez.

—De veras, mamá. No iré muy lejos —dijo—.

Es muy divertido.

Y mucha más gente necesita leche.

Con estas raquetas, papá, estoy a salvo.

El padre miró a la madre.

—Está bien —asintió, luego de un minuto—.

Las raquetas parecen ser resistentes.

Pero regresa a casa antes del anochecer.

A las cinco, a más tardar.

—Milton, usa esto —dijo su madre.

Y le entregó tres pares de medias de lana—.

No quiero que se te congelen los pies.

Para poder usar tantas medias,

Milton debió ponerse

un par de zapatos viejos de su padre.

Bien abrigado, salió nuevamente

por la ventana a la tormenta.

En su imaginación,

se sentía otra vez en Alaska.

Para las tres de la tarde,
Milton ya había comprado y vendido
toda la leche de la tienda del señor Ash.
Entonces decidió ir a la tienda
del señor Roach, a cuatro cuadras,
sobre la avenida Willis.
En el camino, Milton se encontró
con carruajes y carretas vacías
que estaban casi sepultadas en la nieve.
Tuvo que desviarse del camino
para evitar un poste roto de telégrafo
que pendía de un cable sobre la calle.

"¿Acaso la gente que viaja sola en Alaska
no enfrenta también peligros?", pensó.
"¿No debían cuidarse
de lobos y osos polares?".
La nieve cubría la tienda de comestibles
del señor Roach.
Éste se sorprendió al ver a Milton
por la ventana de su departamento,
pero le trajo un cajón de leche
y se lo vendió por la ventana.

Mientras Milton arrastraba el trineo

sobre la nieve acumulada,

sintió que la raqueta derecha se aflojaba.

Dos de los alambres se habían roto.

Con los dedos helados,

los enroscó y los unió.

Decidió terminar de vender ese cajón de leche

y luego volver a su casa,

antes de que la raqueta se desarmara.

Milton vendió la última lata de leche.

Luego una mujer lo llamó

desde la ventana de un tercer piso.

—Disculpa —le dijo—.

¿Podrías ir a la farmacia por favor?

Mi esposo está enfermo.

Necesita medicamentos.

Le lanzó un papel con un broche para la ropa.

El papel dio un giro en el viento

pero Milton lo atrapó.

Era una receta médica.

Decidió buscar el remedio

y luego volver a su casa sin demoras.

—Espera —le pidió la mujer—.

Te daré el dinero.

Milton no esperó.

Ya no pensaba en la raqueta rota.

Se dirigió a la farmacia del señor McKane.

La señora McKane se asustó
cuando vio a Milton apoyarse en la ventana
del departamento que estaba arriba
de la farmacia.
Llamó a su esposo,
quien bajó corriendo a la farmacia
con la receta.

Pronto, volvió con un pequeño paquete.

—Llévaselo al hombre enfermo
tan rápido como puedas —le indicó.

—¿Cuánto cuesta? —preguntó Milton.

—Nada —contestó el señor McKane—.
Alguien que sale en una tormenta como ésta
no tiene que pagar por los medicamentos.

Milton partió para la casa de la señora.

Sintió que la raqueta derecha

estaba suelta otra vez.

Otro alambre se había roto.

"Debo ir a casa", pensó nervioso.

"Sin raquetas, podría hundirme

en la nieve hasta la cabeza.

Me congelaría en la nieve".

Pero la mujer que

necesitaba los medicamentos para su marido

estaba esperándolo.

La mujer ató una lata a una cuerda y la bajó
para que Milton pusiera allí el paquete.

—¿Cuánto costaron los medicamentos?
—preguntó.

—Nada —le respondió él.

Una mujer del departamento de abajo
abrió una ventana.

—Muchacho —suplicó—,
¿podrías ir a la tienda por favor?
No nos quedan alimentos en la casa.

"Muy bien", pensó Milton.

"Buscaré alimento para esta mujer
y *luego* me iré a casa".

Milton tomó la lista de compras y el dinero.

Se dirigió a la tienda del señor Roach.

Se cubrió toda la cara con la bufanda

y sólo dejó libres los ojos.

Aun así, cuando avanzaba

entre las ráfagas de nieve,

trocitos helados le punzaban la nariz

y las mejillas.

Pensó en la mujer

y en su marido enfermo.

¿También necesitarían alimentos?

—Por favor, necesito este pedido

para la señora de la calle abajo —explicó—.

Y, señor Roach, ¿podría prepararme

otro pedido igual para mí?

Cuando Milton le entregó los alimentos

a la mujer, ésta le dijo que guardara el cambio.

—Muchas gracias —respondió—.

Esta bolsa de provisiones

es para la señora del piso de arriba.

Dígale que espero que su marido se mejore.

—Dios te bendiga, hijo. Se la entregaré

—dijo la mujer.

Ya eran más de las cuatro de la tarde.

Milton trató de volver rápido a su casa,

pero ahora ambas raquetas estaban flojas.

La izquierda tenía algunos alambres rotos.

Podía enroscarlos en las tablas.

Pero la derecha se estaba desarmando.

Caminó con tanto cuidado como pudo.

Pronto, las piernas comenzaron a dolerle

por el esfuerzo de cada paso.

Incluso con tres pares de medias,

sentía los dedos de los pies helados.

Un ave congelada

le cayó en el hombro desde un árbol.

Milton dio un salto

y pisó con fuerza con la raqueta derecha.

Otro alambre se rompió.

De pronto, a Milton lo invadió el miedo.

Estaba solo.

No había visto a nadie más
afuera en la tormenta.

¿Y si se hundía en la nieve
y desaparecía?

Nadie sabría dónde estaba.

Una violenta ráfaga de viento
levantó una nube de nieve del suelo.
Durante unos segundos,
Milton casi no pudo ver ni respirar.
Estaba oscureciendo.
¿Dónde estaba exactamente?
Tenía que llegar a su casa.
Siguió caminando con dificultad.
No podía moverse lo suficientemente
rápido como para mantenerse caliente.
Empezaba a helarse.

Por fin, Milton reconoció su calle.

Su casa estaba muy cerca.

Sintió una inmensa alegría.

Se sentía como un habitante de Alaska

que regresa de un arriesgado viaje.

Alcanzó a ver la pelirroja cabellera

de su hermana Hanna en una ventana.

Luego pudo ver a toda la familia.

Le sonreían y lo saludaban con la mano.

Finalmente, Milton subió con mucho esfuerzo
por la nieve acumulada hasta la ventana.
Su padre lo ayudó a entrar junto con el trineo.
—Te ves exhausto, hijo —comentó.
—Sí, papá, estoy agotado —respondió.
Sacó de los bolsillos
todas las monedas y billetes
y se las entregó orgulloso a su madre.
El padre le desató las raquetas.
—Gracias a Dios que regresaste sano y salvo
—dijo la madre, mirando las raquetas rotas—.
Nunca debí haberte dejado ir.

Todos ayudaron a Milton
a quitarse la ropa llena de nieve.
Se puso su camisa de dormir
y se metió en la cama.
La madre le llevó sopa caliente.
Milton sólo tomó un poco.
Luego se durmió, aunque eran apenas
las seis de la tarde.
Continuó nevando toda la noche
y también al día siguiente.
Al fin, el miércoles, la tormenta paró.
La gente de la zona sur del Bronx tuvo que
palear montañas de nieve para poder salir.

Todos hablaban del muchacho que
había caminado en la nieve
en plena tormenta
para ayudar a sus vecinos.
Muchas personas pasaron por la casa
de Milton para darle las gracias,
pero una mujer sentía especial gratitud.
Milton no sólo le había dado la leche
y el alimento que tanto necesitaba, explicó,
sino que había ayudado a salvar la vida
de su esposo.

Epílogo

La tormenta de 1888 batió marcas que no han sido superadas aun después de más de cien años. En la amplia región noreste de los Estados Unidos, nunca se ha visto una nevada tan grande. En muchos lugares de la zona aún no se han superado las marcas de velocidad del viento, los niveles de nieve ni las bajas temperaturas. Además de que muchas personas sufrieron congelamiento, agotamiento y lesiones por las caídas, más de cuatrocientas murieron en la tormenta. En los Estados Unidos, nunca antes ni después una tormenta de nieve ha cobrado tantas vidas. Las historias de lo que pasó en esta tormenta pasaron a ser parte de la tradición oral estadounidense.

Milton Daub, su familia y sus vecinos nunca olvidaron la caminata del muchacho en la gran tormenta de nieve de 1888.